KB122956

겨울 촛불집회 준비물에 관한 상상

b판시선 018

하종오 시집

겨울 촛불집회 준비물에 관한 상상

도서출판 b

2016년 말과 2017년 초 사이, 촛불집회에서 보고 듣고 생각하고 상상한 것들을 시로 썼다. 위법위헌한 대통령의 탄핵이 인용되어 파면되었으니 친일과 독재부역 문제를 청산하고 정경유착을 단절하면서 진정한 민주공화국으로 진보할 것을 희망한다.

촛불집회가 이어지던 기간 내내 수구 부정부패 세력과 그 추종자들은 대통령을 비호했다. 일제 강점기에는 친일한 자들이 있었고, 군부독재 시기에는 독재에 부역한 자들이 있었고, 그리고 그들이 잘 살아남았다는 사실을 상기했다.

나는 촛불집회와 참가 시민을 기억한다.

이 시집은 촛불집회와 참가 시민에 대한 내 시의 기억이다.

2017년 3월 10일

하종오

시인의 말   5

겨울 촛불집회 준비물에 관한 상상·1   10
겨울 촛불집회 준비물에 관한 상상·2   12
겨울 촛불집회 준비물에 관한 상상·3   14
겨울 촛불집회 준비물에 관한 상상·4   16
겨울 촛불집회 준비물에 관한 상상·5   18
겨울 촛불집회 준비물에 관한 상상·6   20
겨울 촛불집회 준비물에 관한 상상·7   22
겨울 촛불집회 준비물에 관한 상상·8   24
겨울 촛불집회 준비물에 관한 상상·9   26
겨울 촛불집회 준비물에 관한 상상·10   28
겨울 촛불집회 준비물에 관한 상상·11   30
겨울 촛불집회 준비물에 관한 상상·12   32
겨울 촛불집회 준비물에 관한 상상·13   34
겨울 촛불집회 준비물에 관한 상상·14   36
겨울 촛불집회 준비물에 관한 상상·15   38
겨울 촛불집회 준비물에 관한 상상·16   40
겨울 촛불집회 준비물에 관한 상상·17   42

집결지 / 거리에서 광장에서 44

깃발 아래 / 거리에서 광장에서 46

수어와 수화 / 거리에서 광장에서 48

꽃 스티커와 구호 / 거리에서 광장에서 50

흰 국화꽃 / 거리에서 광장에서 51

전국청소년시국대회 / 거리에서 광장에서 52

그런 시대 / 거리에서 광장에서 54

혼자 온 사람들 / 거리에서 광장에서 56

소의 행진 / 거리에서 광장에서 58

손팻말 / 거리에서 광장에서 60

떼창 / 거리에서 광장에서 61

차벽 / 거리에서 광장에서 62

100미터 앞 / 거리에서 광장에서 64

유모차들 / 거리에서 광장에서 66

11월 / 거리에서 광장에서 68

촛불을 든 아이들 / 거리에서 광장에서 70

1분간 소등 / 거리에서 광장에서 71

풍물놀이 / 거리에서 광장에서 72

텐트촌 앞을 지나가며 / 거리에서 광장에서 74

풍선고래 / 거리에서 광장에서   76

레드카드 / 거리에서 광장에서   78

촛불로 조합한 글귀   80

난간에 플래카드   82

소설   84

동짓날과 설날 사이   86

상강 지나 입춘 와도   88

주말   90

한파   92

티케이라는 말   94

망령   96

부역자들   98

과잉   100

블랙리스트를 만드는 나라   102

방청석   104

해설 | 홍승진   105

겨울 촛불집회 준비물에 관한 상상·1

해가 일찍 지는 겨울날엔
촛불을 일찍 켜게 되므로
초저녁부터 밤늦게까지
빌딩과 가로수로 둘러싸인
집회 장소에서 버티려면
초가 두 개 정도 필요했다

초 한 개에 불을 켜고 앉아 있으면
더 어두워지는 광장에서
시위자와 시위자 사이를 지나면서
불빛은 뭉쳤다가 흩어지고
어둠은 엷어졌다가 두꺼워졌다
또 한 개에 불을 켜고 앉아 있으면
시위자들은 이제 불빛과 어둠을
바닥에도 허공에도 섞어놓고
대열을 지어서 나아갔다

해산할 시간이 가까워질 때쯤
좀 더 밝아진 빌딩과 가로수는
어둠이 더 깊어지기를 바랐다
좀 더 어두워진 빌딩과 가로수는
불빛이 더 밝아지기를 바랐다

겨울 촛불집회 준비물에 관한 상상·2

우리가 손으로 할 수 있는
소중한 일이 있지
두 손으로 싸개를 만들어
아이 머리를 감싸 보는 일,
이 일에는 다른 몸 부위가 필요 없지

우리가 손으로 할 수 없는
난처한 일이 있지
한 손으로 촛불을 들고
한 손으로 바람을 막는 일,
이 일에는 일회용 종이컵이 제격이지
바닥에 구멍을 뚫어서
초를 끼우고 불을 붙이면
바람은 막히고 불빛은 퍼지지

우리가 손으로 또 할 수 있는 일에는
양 손날을 붙여 그릇을 만들고 물을 떠서

목마른 꽃에게 부어줄 일도 있고
우리가 일회용 종이컵으로 또 할 수 있는 일에는
물을 담아 한 방울도 흘리지 않고
목마른 사람에게 건네줄 일도 있지

겨울 촛불집회 준비물에 관한 상상·3

성인이 되어 지나온 나날에
자신을 위해서 남을 위해서
길바닥에 주저앉은 적 없는
사람들이 휴대용 방석을 들고
겨울 광장에 나왔다

휴대용 방석은 앉을 수 있는 작은 자리,
야외에 아이들 데리고 나가
비닐자리에 둘러앉아 김밥을 먹으며
풀꽃을 바라본 추억을 가진 중년들은
그 봄여름으로 돌아가 있어 차갑지 않았고
아이 적 저녁에 돗자리에 둘러앉아
밤하늘을 쳐다본 추억을 가진 노년들은
그 여름가을로 돌아가 있어 차갑지 않았다

길바닥에 휴대용 방석을 깔고
전후좌우 붙어 주저앉은 사람들은

서로 초에 불을 붙여 주어서
겨울 광장을 밝혔다

겨울 촛불집회 준비물에 관한 상상·4

따뜻한 물이 서늘한 공기와 만나면
식는다는 상식을 배웠던 그는
초등학생 시절,
공기가 서늘한 가을운동회 점심시간에
보온병에서 따뜻한 물을 따라 홀짝이던
아이를 부러워했었다

요즘엔 집집마다 하나쯤 가지고 있는
보온병에 물을 끓여 담아서
겨울 촛불집회에 들고 나온 그를 보고
아무도 부러워하지 않을 테지만
그 준비성을 투쟁성으로 여길는지 모른다

따뜻한 물 한 잔을
낯선 옆 사람에게 권하고
자신도 마신 그는
오늘 겨울 촛불집회가 종료될 때까지

보온병을 들고 행진하며 가끔 살펴보았다
초등학생 시절,
공기가 서늘한 가을운동회 점심시간에
보온병에서 따뜻한 물을 따라 홀짝이던
그 아이도 대열에 끼어 있다고 믿으며

겨울 촛불집회 준비물에 관한 상상·5

쥐불놀이를 할 때 털모자를 썼던
까까머리 아이가
흰머리 초로가 되어
촛불집회를 할 때 다시 털모자를 썼다

물론 그 두 털모자는 같지가 않다
어머니가 올 굵은 털실로 투박하게 짠
털모자가 뜨뜻했다는 걸 기억하는 초로가
한겨울밤을 버티려고
기계로 짠 맵시 있는 털모자나마 장만한 것이다

벌판에서 줄을 단 깡통에 나무를 넣고
불붙여 빙빙 돌리던 까까머리 아이와
광장에서 일회용 종이컵 바닥을 뚫어서
초를 끼워 넣고 불붙여 든 흰머리 초로가
먼 어둠 속에서 서로 얼핏 보고 씨익 웃고는
눈보라 속에서 털모자를 꼭꼭 여미었다

둘은 각자 하던 일에 열중했다

겨울 촛불집회 준비물에 관한 상상·6

예전 겨울밤에 모이던 곳은 사랑방,
그는 장작으로 군불을 지피고 퍼질러 앉아
두런두런 이야기를 했었다
요즘 겨울밤에 모이는 곳은 길거리,
그는 초에 불을 켜들고 서서
카랑카랑 구호를 외쳤다

그가 아이였을 적에
가투를 했던 아버지는
그가 성인이 된 후로는
촛불집회에 함께 참가했다

아버지와 그가 엄동설한에
한 손엔 손팻말, 다른 손엔 핫팩,
수시로 바꾸어 쥐고는 언 손을 녹이다가
그가 아버지에게 핫팩을 건네고는
양손으로 손팻말을 둘 다 들기도 했고

아버지가 그에게 핫팩을 건네고는
양손으로 손팻말을 둘 다 들기도 했다

오늘밤 시위를 하고 있지 않다면
그와 아버지는 집 식탁에 둘러앉아
추우면 전기난로를 피워놓고
찻잔을 두 손으로 감싸들고
말없이 차를 마시고 있을 시간이었다

겨울 촛불집회 준비물에 관한 상상·7

집토끼를 잡아 털가죽 벗겨
귀마개와 목도리를 만들어
아들에게 주던 아비는 시골에서 살았고
귀마개와 목도리를 받아서 쓰고 두른
아들은 학교를 다녔다

아비 시절과 아들 시절을
비교하는 건 부질없는 일이기는 해도
대통령이 독재자였던 그 시절에
아비는 저항하지 못했지만
대통령이 피의자인 이 시절에
아들은 집회에 참가한다

이제 아버지가 된 아들은
도시에서 살고 있어서
집토끼를 잡아 털가죽 벗겨
귀마개와 목도리를 만들어

제 자식에게 주진 못한다

그래도 아들은 제 자식과 함께
귀마개와 목도리를 사서 쓰고 두른
겨울밤에 대통령 구속을 외친다

겨울 촛불집회 준비물에 관한 상상·8

초에 불을 붙여야 촛불이라고 생각하는
나 같은 초로들만
집회하는 시대가 아닌 게 분명하다

아이 적에 촛불을 켜서
책상 위에 촛농을 떨어뜨린 뒤
초를 세워 붙여놓고는
그 일렁이는 불빛 아래에서
공책을 펴놓고 숙제를 했거나
시집을 펴놓고 읽었거나
일기장을 펴놓고 일기를 썼던
나 같은 초로들이
촛불을 들고 거리에 나올 염을 낼 때
이미 젊은 사람들은 불빛을 내면서도
몸체가 사라지지 않는 건전지촛불을 들고
밤 광장에 나와 있다

건전지를 넣어

카메라 플래시를 터뜨려 보고

탁상시계를 작동시켜 본 젊은 사람들은

소진燒盡하면서 어둠을 밝히는 법보다

축전蓄電하면서 어둠을 밝히는 법이

오래 버티는 수단이라는 걸 아는 것이다

겨울 촛불집회 준비물에 관한 상상·9

그가 엄동설한에 내복을 입고 다니다가
몸을 옥조이는 압박감을 느끼고는
추위에서 자유로워지고 싶어서
입지 않고 나다녔던가
아마도 걸어 다니지 않고
승용차를 타고 다니는 시간이 많아져
추위를 별로 타지 않았기 때문일 텐데
그가 절로 내복을 입고 싶어진 때는
위헌한 대통령의 즉각 퇴진을 요구하는
겨울 촛불집회에 참가하던 해였다
엄동설한에 어른들이 밤거리에 나와
데모한다는 말을 듣지 못했던 어린 시절엔
그가 자주 빨지 못한 내복을 벗어 뒤집으면
솔기에 이가 오글거리고 있어
양손 엄지손톱을 마주 눌러 죽이곤 했다
이제 보온이 잘되는 내복을 입고
엄동설한 밤거리에 주말마다 나오는 초로의 시절

그는 시위를 마친 후 귀가해선 내복을 벗어 개놓고
민주공화국에서의 시민의 권리에 대해 생각했다

겨울 촛불집회 준비물에 관한 상상·10

밤거리에 앉아 대통령의 퇴진을 외치다가
배고프다는 것에 대해서
먹는다는 것에 대해서
또 고민하게 될 줄은 몰랐다
평소 혼자 지내면서도
허기와 식욕을 견디지 못하는
자신을 타매하던 때가 잦았는데
일렁이며 타오르는 촛불을 들고
허기와 식욕을 어쩌지 못하다니,
허기진 적이 전혀 없었을 대통령이
식욕을 참은 적이 전혀 없었을 대통령이
시민에게서 위임받은 권력을
위법하게 행사한 행위를 규탄하는
겨울밤 집회가 진행되는 동안
참가자들에게 미안해하면서
주머니에 넣어온 초콜릿을 꺼내
슬며시 입에 넣었다

끼니든 간식이든 거르지 않으려고
비상식량을 챙겨 다니는 짓이
스스로도 볼썽사납게 보였다
배고프다는 건 모든 동물의 본능 아닌가
먹는다는 건 모든 동물의 권리 아닌가
그 본능과 권리를 비천하게 느끼게 하는 대통령에게
밤거리에 앉아 온 힘을 모아 퇴진하라 소리쳤다

겨울 촛불집회 준비물에 관한 상상·11

가요를 듣기보다 투쟁가를 불러야
시위에 참가한 실감이 드는 그녀는
무릎에 담요를 덮고 앉아 있다

그녀는 무릎 꿇고 자신에게 기도하며
처녀 시절을 살았다
그녀는 무릎베개를 자식에게 내주며
엄마 시절을 살았다
그녀는 무릎걸음으로 남에게 다가가며
노인 시절을 살고 있다

일생을 살아온 동안
뭇사람의 시간이 자신의 시간보다 빨라서
세상이 바뀌고 있다는 것을
그녀는 겨울밤 시위하는 데
무릎덮개가 필요하다는 사실에서 알았다

시위하는 방식이 달라진
촛불집회 광장에서 그녀는
무릎에 담요를 덮고 앉아 있다

겨울 촛불집회 준비물에 관한 상상·12

촛불집회가 끝나는 시간까지
발열양말들이 길가에서 방한화들을 벗지 않도록
방한화들이 발열양말들을 잘 떠받쳤다

발열양말들이 분노하여 앞서 나가는 전후에
방한화들이 분노하여 앞서 나갔고
방한화들이 진정하여 멈춰 서는 전후에
발열양말들이 진정하여 멈춰 섰다

이런 시위 상황에서는
발열양말들이 방한화들을 신었다거니
방한화들이 발열양말들을 신었다거니
발열양말들과 방한화들의 주종主從을 따지며
시위자들에게 뭐라 뭐라 해선 안 된다

촛불집회가 끝나는 시간까지
방한화들이 길 복판에서 발열양말들을 벗지 않도록

발열양말들이 방한화들을 잘 디뎠다

겨울 촛불집회 준비물에 관한 상상·13

스마트폰 터치가 가능한 장갑을
그와 그녀가 끼었다
청와대 100미터 앞까지 다가가더라도
서로 곁에 있을 수 없게 되는 상황을
염두에 둔 준비였다
행진하는 도중에 각자
밤하늘로 고개 쳐들고 별을 찾아볼 수 있고
불 켜진 식당을 바라보며 침을 삼킬 수 있고
딴청을 부리다가 다른 데로 휩쓸려갈 수 있다
그때 연락을 주고받아야 하므로
맨손을 쓰지 않더라도
스마트폰 터치가 가능한 장갑을
그와 그녀가 끼었다
촛불을 경배하기 위해
초를 맨손으로 들다가
너무 시려서 주머니에 넣게 될 때
촛불이 저 홀로 공중을 걸어서

청와대 100미터 앞을 지나간다면
서로 멀리 떨어져 있더라도
그 장관을 바라보는 게 더 좋아서
스마트폰 터치가 가능한 장갑을
그와 그녀는 끼지 않았을 것이었다

겨울 촛불집회 준비물에 관한 상상·14

문밖출입을 하는 날이면 날마다
나는 마스크를 쓴다

거리에 최루탄이 난무하던 청년 땐
콧물을 질질 흘리며
골목으로 숨어들어 재채기해댔다
그 이후 비염이 생겨났다

촛불집회에 나가는 주말이면 주말마다
나는 마스크를 쓴다

침묵으로 시위하기 위해서가 아니다
얼굴을 감추고 시위하기 위해서가 아니다
촛불을 끄는 시간까지 추위를 견디기 위해서다

마스크를 쓴 나는
마스크를 써야 대중 앞에 나서서

자신을 드러낼 수 있는

애잔한 얼굴들을 상상한다

그들이 누군지 설명하지 않아도

시민이 이미 알고 함께 마스크를 쓰는 나라에선

촛불을 켜지 않고 집회를 해도 괜찮다

겨울 촛불집회 준비물에 관한 상상·15

최루탄이 터지지 않는 촛불집회에서도
사람은 눈물을 흘릴 때가 있어
휴지를 가지고 나온다

누구에게 빌릴 수 있는 게 아니기에
언제 갚을 수 있는 게 아니기에
자신의 주머니 속에 휴지가 있어야
마음이 안정되지만
자신이 눈물을 흘릴 때면
옆 사람도 눈물을 흘릴 때라서
휴지 한 장을 건네고 나면
구호를 외치는 일만큼
행진하는 일만큼
밤거리에서 큰일을 한 듯한 사람이 된다
남몰래 닦아야 하는 눈물은 대저
남을 위해 흘리는 눈물이고
남으로 해서 흘리는 눈물이어서

자신의 주머니 속에서 꺼낸 휴지로 닦아야
마음이 안정되지만
남의 눈물을 헤아리지 못하는 사람은
휴지를 지니고 다니는 의미를 알지 못한다

최루탄이 터지지 않는 촛불집회에서도
사람은 눈물을 흘릴 때가 있어
휴지를 가지고 나온다

겨울 촛불집회 준비물에 관한 상상·16

구호를 외치다가 틈틈이 목을 축인다

일생에서 주로 언제
길거리에서 찬물을 찾았던가
먼지 이는 시골길을
자전거 타고 달리던 소년 때인가
최루탄 가스 자욱한 아스팔트길을
재빨리 달아나던 청년 때인가
꽃가루 날리는 산책로를
천천히 걷던 중년 때인가
아니지, 밭둑길에서 풀을 매는
노년인 지금 찬물을 마시고 있지
아니지, 대로에서 함성을 지르는
노년인 지금 찬물을 마시고 있지

빈 생수병을 두드려 목소리 대신한다
입을 마르게 하는 자에게 분개한다

목을 마르게 하는 자에게 분노한다

겨울 촛불집회 준비물에 관한 상상·17

비닐봉지 한두 장을 착착 접어서
주머니에 넣어 다니는 사람이 있었다

그이는 들길을 걷다가
봄을 비닐봉지에 담아 갔다
물론 풋나물이 눈에 띄면 캐서 가져갔다

그이는 강가에 나갔다가
여름을 비닐봉지에 담아 갔다
물론 물무늬가 눈에 띄면 떠서 가져갔다

그이는 산정에 올랐다가
가을을 비닐봉지에 담아 갔다
물론 열매가 눈에 띄면 따서 가져갔다

그이는 광장에서 시위하다가
겨울을 비닐봉지에 담아 갔다

물론 쓰레기가 눈에 띄면 주워서 가져갔다

비닐봉지 한두 장을 착착 접어서
주머니에 넣어 다니는 사람은
비닐봉지에 담을 것이 정 없으면
들과 강과 산과 광장을 착착 접어서
주머니에 넣어 다녔다
그것을 필요로 하는 사람이 있으면
기꺼이 꺼내 주었다

집결지 / 거리에서 광장에서

주말 촛불집회에 참가하려면
이순신 동상 앞에 모이라는
문자를 금요일마다 받는다
육조가 있던 거리가
정권이 바뀌면서 확장되어
광장이 된 광화문에는
세종대왕 동상도 있는데
하필 이순신 동상 앞을
집결지로 정한 것은
위기의 민주공화국
구국의 일념을 고취하려는
의도일지도 모른다
이런 생각을 하면서
이순신 동상 앞에 나가 보면
각각 깃대를 든 주최 측이 많아서
여럿이 뒤섞여 한 무리를 이루고는
서로 다른 화젯거리로 웅성거린다

아는 얼굴을 찾아 두리번거리는 사이

주말 촛불집회가 시작되면

깃대를 먼저 높여 앞장서는

아무 주최 측이라도 따라간다

깃발 아래 / 거리에서 광장에서

모든 깃대는 곧추서 있었다
누가 **빼**앗을 수 없이 드높았다

전교생이 소풍 가면
그중에서 성적이 우수하고 용모 단정한 학생이
기잡이 되어 교기를 든 모습을 기억하다가
풍물패가 풍물놀이를 하면
그중에서 애어른이면서도 신명 많은 청년이
기잡이 되어 영기를 든 모습을 기억하다가
촛불집회에서 깃대 잡은 기잡이들을 보았다

어떤 기잡이는 혼자서 구호를 외치며 걸어가고
어떤 기잡이는 여럿에 둘러싸여 말없이 걸어가고
어떤 기잡이는 옆 사람과 잡담하며 걸어갔다
단체를 알리는 깃발이 펄럭이고
개인을 드러내는 깃발이 펄럭였다
시위할 이유가 있을 것 같지 않은 이름의 동아리 깃발들이

펄럭였다

참가자들이 깃발 아래 모여서
일사분란하게 움직이지 않아도
허공이 하늘에서 내려와 깃발을 펴고
바람이 사방에서 불어와 깃발을 흔들고
길바닥이 땅에서 몰려와 깃발을 받들었다
그러자 광장이 훨씬 더 넓어지고
새 깃발들이 꾸역꾸역 몰려들었다

수어와 수화 / 거리에서 광장에서

촛불집회에서
두 손을 써서 번역하는
수화 통역사를 보고는
수어로도 구호를 외칠 수 있다는 사실을
처음 알았다

같은 한국어를 사용하는데도
수어를 읽지 못하는 내가 문맹이고
같은 한국말을 사용하는데도
수화를 듣지 못하는 내가 장애인이라는 것이 확인된
촛불집회에서, 하야하라 사퇴하라 탄핵하라
같은 한국어를 사용하는데도
대통령도 수어를 읽지 못하면 문맹이고
같은 한국말을 사용하는데도
대통령도 수화를 듣지 못하면 장애인이라는 것이 확인된
것이다

집에서 텔레비전 귀퉁이 수화창을 봤을 땐
당연한 화면이라고 여겼던 나는
촛불집회 무대 한쪽에서
가수들의 노래와 연주자들의 악기 소리를
두 손에 온몸을 보태어 수어로 번역하는
수화 통역사를 보고는 기꺼워했다

꽃 스티커와 구호 / 거리에서 광장에서

한 선한 사람이 꽃 스티커를 제작하여
청와대를 향하여 행진하는
시위대에 나누어 주어서
도로를 가로막은 차벽에 붙이게 했다

로마병사같이 방패를 들고 도열한 전경들이
제자리걸음하며 아스팔트를 울릴 때
스크럼을 짜고 주저앉아 노래를 부르던
1980년대 데모대에 끼여 있던
나를 기억하는 내가
2010년대 시위대에 끼여 있었다

차벽을 쓰러뜨리고 싶은 분노를
시위대가 꽃 스티커로 치환하며
청와대를 향하여 구호를 외쳤다
대통령은 퇴진하라, 대통령은 퇴진하라

흰 국화꽃 / 거리에서 광장에서

마당귀에서 자라는 들국이
꽃을 피우기를 기다리기는 했어도
정작 한 송이 꺾어서
누군가에게 건네지 못했는데
시위대가 차벽을 친 의경들에게
흰 국화꽃을 던지고 있다는 말을
나는 대열의 중간에서 전해 들으며
바리게이트를 치고 지랄탄을 쏘아대던 전경들에게
보도블록을 깨어 던지던 데모대를 떠올리며
1980년대에서 2010년대로 진화해온
민주공화국의 자유에 대해 생각하다가
작년에 들국을 들에서 캐어 집 안으로 옮겨 심어놓고
꽃이 어떤 색깔로 피어날지 궁금해 한 적 있었던 나는
내년에 들국 꽃가지를 베어 집회장소에 나오는 일이
전혀 생기지 않기를 바랐다

전국청소년시국대회 / 거리에서 광장에서

나는 가두행진을 하다가 멈춰 섰다
그들이 길바닥에 앉아
대통령 하야와 국정교과서 폐지를 주장하고 있었다

학교에서 배운 대로
국민 누구나 집회할 권리가 있고
국민 누구나 말할 권리가 있다는 걸
그들이 실천하고 있었다

아, 내가 소년이었던 시절엔
학생 누구나 학교 밖에서
유신헌법을 지키는 것이 의무였고
학생 누구나 학교 안에서
국민교육헌장을 외우는 것이 의무였다

대통령 하야와 국정교과서 폐지를 주장하는
그들이 투표권을 행사하는 해가

내년일까 후년일까 내후년일까
그 이전에 대통령이 하야하고 국정교과서가 폐지되고
그들이 성년이 된 민주공화국에서
나는 살고 싶은 마음 간절하여서
그들의 구호를 따라 외쳤다

그런 시대 / 거리에서 광장에서

멀리서 범야옹연대의 깃발을 보았다
부정부패한 대통령의 퇴진을 외치는 광장에
고양이와 관련된 사람들이
깃발을 드높인다는 게 이상했다

시골집에서 지내던 나는
거실 창문 밖을 지나가던
들고양이를 잠시 떠올렸다
무기력하게 내다보던 나와
무심하게 들여다보던 들고양이는
눈길 딱 마주칠 때도 있었다
그 순간엔 희한하게도 시골집 안팎이 환하였다

가까이 가서 보니
범야옹연대의 깃발 아래 사람들이 모여 있었다
고양이를 반려동물로 삼은 집단이라고 했다
부정부패한 대통령의 퇴진을 외치는 광장엔

언제든 누구나 나올 수 있다는 걸
내가 망각하고 있었다는 게 도리어 이상했다
그런 시대를 오래 살아왔었다
사실이다

혼자 온 사람들 / 거리에서 광장에서

그렇다
초는 각자 들 수 있는 것이다
한 손에 잡은 초에 불을 붙여
훤히 밝힌 집회장소에는
홀로이 모여서 여럿이 시위하고
여럿이 모여서 홀로이 시위한다

그렇다
깃대도 각자 잡을 수 있는 것이다
왼손엔 촛불을 들고
오른손엔 깃대를 잡는다
깃발에 따라 다른 구호가 적혀 있고
구호에 따라 다른 깃발이 펄럭인다

초가 각자 들고 온 소유물이라고 해도
촛불을 따라 시위대가 전진하고
깃대도 각자 들고 온 소유물이라고 해도

깃발을 따라 시위대가 전진한다

소의 행진 / 거리에서 광장에서

목부가 축산농장 우사에 가두어 기르던
소를 타고 나왔다고 보진 않았다
도시인이 농사짓는 농부한테서 빌려
소를 타고 나왔다고 보진 않았다

다만 소를 타고 시위하지 않으면 안 되는
시위자에 대해 생각해 보지 않을 수 없었다
대통령 퇴진을 요구하는 집회장소에
워낭소리 울리는 소를 타고 나왔다는 건
소를 몰아 꼴을 먹이며 놀던
자유롭던 땅이 사라져 버렸기 때문일까
논둑에서 이웃 소끼리 싸우면
고삐를 잡아당겨 말리던
평화한 시절이 사라져 버렸기 때문일까

시위대에 섞여 함께 행진하며 한 번 더 생각해 보면,
꼴망태에 쇠꼴을 채우려고 낫질해서

풀을 베어 본 적 없는 대통령은
권력욕을 탐하는 자신을 풀같이 잘 덮는다는 걸
제 먹을 풀을 더 뜯어먹는 상대와 붙은
소싸움을 말려 본 적 없는 대통령은
부정부패하는 자신을 풀같이 잘 가린다는 걸
소를 타고 나온 시위자가 암시하는 것 같았다

손팻말 / 거리에서 광장에서

플래카드를 펼쳐 든 이들은
대열의 선두에서 걸어갔다
시위대가 뒤따랐다
나도 뒤따랐다

피켓을 쳐든 이들은
대오의 선두에서 걸어갔다
시위대가 뒤따랐다
나도 뒤따랐다

손팻말을 든 이들은
전후좌우에서 각자 걸어갔다
시위대가 나아갔다
저마다 손팻말에 요구사항을 적은
시위자들 앞서거니 뒤서거니
나도 나아갔다

떼창 / 거리에서 광장에서

나무가 작은데도 꽃을 피우는 동안
사람이 혼자 노래를 불렀다
개화를 기다리는 사람을 몰라보고
작은 나무가 꽃을 천천히 피울까 봐서였다

대통령이 부패하고도 큰 관저에서 잘 지내는 동안
시민이 떼 지어 노래를 불렀다
하야를 명령하는 시민을 몰라보고
부패한 대통령이 물러나지 않을까 봐서였다

사람이 혼자 노래를 부르는 동안
그 음성에 덮인 작은 나무가
윗가지를 푸르르 떨었다

시민이 떼 지어 노래를 부르는 동안
그 음파에 흔들린 큰 관저가
부패한 대통령을 부들부들 떨게 했을까

차벽 / 거리에서 광장에서

시위대가 행진하지 못하도록
경찰이 차들을 일렬로 세운
차벽

정지하고 싶을 때도 있지만
길을 가로막는 곳이라면 정지하지 않는 것을
질주하고 싶을 때도 있지만
사람들이 다니는 곳이라면 질주하지 않는 것을
운행 규칙으로 삼은 차들에게
경찰이 위반을 강제한다

바로 나아가지 못한 시위대가
하늘로 올라가 우회하면
위에다 차벽을 만들지 못하도록
지하로 들어가 우회하면
아래에다 차벽을 만들지 못하도록
차들은 한자리에서 경찰에게 버틴다

차들을 쌓을 수 없어
경찰이 일렬로 옮기는
차벽

100미터 앞 / 거리에서 광장에서

내 앞 100미터 지점엔 느티나무가 있었다
느티나무 앞 100미터 지점엔 내가 있었다
더 다가가지 않았다
나는 우듬지에 앉은 새들이 날아가지 않기를 원했다
느티나무는 우듬지를 한곳에 놔두고 싶었을 게다
우듬지가 흔들렸다

내 앞 100미터 지점엔 당신이 있었다
당신 앞 100미터 지점엔 내가 있었다
더 다가가려고 했다
나는 길을 걸어갔다
당신은 길을 걸어왔다
길이 뒤따랐다

내 앞 100미터 지점엔 청와대가 있었다
청와대 앞 100미터 지점엔 내가 있었다
더 다가가지 못했다

차벽에 가로막힌 나는
차벽에 둘러싸인 청와대를 향해 서 있었다
먼 뒤에서부터 종대 횡대로 전해져 왔다
차벽을 뛰어넘을 수 있는 동력이

유모차들 / 거리에서 광장에서

인도로만 다니던 유모차들이
차도로 내려와서 서행한다
유모차들이 태운 아기들은
바로 앉아 구호를 외친다
자동차들이 우회한 텅 빈 차도에서
엄마들은 유모차를 뒤따라오며
아기들을 따라 구호를 외친다
속도를 잘 지키는 일이
선창과 후창을 하기에 좋다는 것을
유모차들은 알고 있어
절대로 가속하지 않는다
앞서거니 뒤서거니 하는 사람들이
점점 나아갈수록 아기들로 변해 가자,
어디선가 빈 유모차들이 와서 태운다
이미 아기가 된 엄마들은
제 아기들 옆에 앉혀준
유모차에게 몸을 맡긴다

천천히 질서 있게 천천히
유모차들은 차도를 전진하고
이제 모두 구호를 합창한다
즉각 퇴진 즉각 탄핵

11월 / 거리에서 광장에서

1976년 11월
바람 부는 연병장에서
나는 전우들과 함께 겁먹고 종대로 서 있었다
태극기와 부대기가 펄럭이는 연단을 향하여
경례를 했고 훈시를 들었고 총을 지급받았다
박대통령이라고 불리던 독재자가 통수권자인 시절이었다

2016년 11월
햇빛 내리는 광화문에서
나는 남녀노소들과 함께 차분히 구호를 외치며 서 있다
시민단체 깃발과 노조 깃발이 펄럭이는 공중을 향하여
주먹을 올리고 손팻말을 흔들고 노가바를 부른다
박대통령이라고 불리는 피의자가 국가원수인 시절이다

11월 12일,
아비인 박대통령은 군복 입은 나에게 충성을 명령했고
딸인 박대통령에게 외출복 입은 나는 퇴진을 촉구하고 있다

그 40년 사이 임기를 마친 대통령들 중에서
교도소 갔다가 온 범죄자는
모두 박대통령들과 인맥이 닿아 있다는 걸 새삼 알아버린다

어느 해 11월에
바람이 햇빛을 널리 비추게 하고
햇빛이 바람을 멀리 불게 하는 풍경을
나는 바라보았던가
젊어서 군 복무를 했고
늙어서 생업에서 은퇴한 나는
올 11월에
유모차를 탄 채 촛불을 들고서
바람을 물리며 햇빛을 물리며
거리에서 광장으로 들어오는 어린아이에게
두 손가락을 세워 V자를 보여주었다

촛불을 든 아이들 / 거리에서 광장에서

촛불을 든 아이가 많다

요즘 저녁마다 아이들이
촛불을 켜는 건
불법 통치자를 찾아보기 위해서지만
내가 아이였을 적엔
불법 통치자가 있었는데도
찾아보려고 하지 못한 채
촛불을 켰으니
알전구에 전기가 들어오지 않는 밤에
요정이 등장하는 동화책을 읽기 위해서였다

아이들이 촛불을 켜들고 걸어간다

1분간 소등 / 거리에서 광장에서

빛이 촛불 속에 들어갔다가 나온

1분간

어둠이 촛불 밖에 나왔다가 들어간

1분간

산 사람과 죽은 사람이 서로 들어갔다가 나오고 서로 나왔다
가 들어간

1분간

풍물놀이 / 거리에서 광장에서

촛불집회가 시작되기 전
광화문광장 여기저기에서 열리는
갖가지 작은 행사에 기웃거리다가
풍물놀이를 한참 구경한다

집회에서 문화행사를 하게 된 건
광화문광장을 사용할 수 있게 된
민주화 이후지만
민주화 이전에도
소집회를 열어 문화행사를 했었다
시민단체 강당이나 빈터에 모여
신명나는 풍물놀이를 보면서
투쟁의지를 다지곤 했었는데
광화문광장은 너무 넓어
꽹과리소리 징소리 북소리 나팔소리가
멀리 퍼져가지 못한다

촛불집회가 시작된 후
광화문광장에 마련된 무대에서
연주자가 악기를 연주하고
대중가수가 노래를 부른다
참가자들은 질서 있게 앉아
가만히 듣거나 나직이 따라 부른다

텐트촌 앞을 지나가며 / 거리에서 광장에서

문화예술가들이 다닥다닥 친
텐트촌 앞을 지나간다
1인용 텐트마다 닫힌 문을
슬쩍 곁눈질한다
1인용 텐트마다 주인장이 누굴까?
시인이 살까? 연극인이 살까?
음악인이 살까? 미술인이 살까?
지금 1인용 텐트를 가지지 못한 나는
누구라고 해야 하나?
1인용 텐트마다 주인장이 무얼 할까?
상상하고 있을까? 성찰하고 있을까?
작품을 쓰고 있을까? 농성하고 있을까?
지금 1인용 텐트를 가지지 못한 나는
무얼 한다고 해야 하나?
1일 숙박을 신청하면
기꺼이 빌려 준다는 말을 들었지만
텐트촌 앞을 지나간다

1인용 텐트마다 색이 다른 페인트로 써진
각각 다른 글씨체 구호들
대통령 하야, 대통령 퇴진, 대통령 구속
텐트촌은 눈과 찬바람을 막기 위해 덮은
넓고 긴 비닐로 한 지붕을 하고 있다
나는 텐트촌 앞을 지나 촛불집회장으로 갔다

풍선고래 / 거리에서 광장에서

살갗이 푸른 고래가 나타났다
새로운 종種의 출현을 본 사람들이
풍선고래라고 명명했다

바다에서 육지로 올라온 풍선고래는
최초로 육지에서 바다로 들어갔던
고래의 수천수만 대 후손이
원래 생긴 대로 살아가려고
최후에 바다에서 육지로 올라왔다
해저에서는 인간이 살아남지 못한다는 걸
침몰한 세월호를 보고 깨닫고는
그 배를 머리에 이고 돌아온 것이다

밤중에 사람들이 촛불을 켜들고
거리로 나와 풍선고래를 경배했다
불빛이 파도치는 공중에서
풍선고래는 헤엄쳐 다니다가

이내 길바닥으로 내려왔다
지느러미를 팔과 다리로 진화시켜서
살갗이 푸른 인간의 새로운 종이 되었다

레드카드 / 거리에서 광장에서

어려서 운동에 흥미가 없었던 나는
형뻘 동생뻘과 어울려
학교 운동장에서 축구공을 차던 대회에도
동네 탁구장에서 탁구공을 치던 시합에도
심판직을 맡지 못했으므로
레드카드를 써본 적 없었다
더구나 심판이라는 건
기독교 신자였던 부모님이 믿었던 대로
하나님만이 할 수 있는 행위로 여겼다

그러던 내가 마침내 드디어
경기규칙을 알지 못해도
신구약성서를 알지 못해도
태어나서 시민으로 살아오는 동안
스스로 부여한 권리를
행사하는 사건이 생겼다

평생에 심판직이 주어지거나
심판하는 일이 있을 거라곤
생각조차 해보지 않은 나는
시민이 뽑았으나 위법위헌한 대통령에게
퇴장을 명령하는 레드카드를
거리에서 광장에서 생전 처음 쳐들었다

촛불로 조합한 글귀

입춘날 열린
박근혜탄핵대구시국대회에서
참가자들이 촛불을 길바닥에 놓아
탄핵대길이라는 글귀를 조합했다
봄이 되니 크게 길하다는
입춘대길을 패러디하여
탄핵이 되니 크게 길하다는
메시지를 담은 것이다
입춘대길은 매해 써온 덕담이지만
탄핵대길은 올해 처음 쓴 덕담으로
여러 해 쓰이면 불길해진다는 걸
참가자들은 이미 알고 있어
빨리 건양다경이 이루어져서
또다시 촛불을 길바닥에 놓아
탄핵대길이라는 글귀를
조합하지 않기를 원했다
박근혜의 정치적 고향이라는

수사修辭가 붙은 도시에서

박근혜탄핵대구시국대회가 열렸다

난간에 플래카드

아파트 베란다 난간에 플래카드를 단
집주인은 어떤 사람일까
멋진 아이디어를 실행한 그는
젊은 날 플래카드를 말아서 숨겨 나와
시위대 선두에서 펼쳐 들었을까
지금은 노후를 걱정하며
플래카드를 제작하는 자영업을 하고 있을까
그가 그저 호구지책을 하는 사이에
자신이 뽑았든 안 뽑았든
다섯 명이나 대통령을 하고 물러났다
전 대통령들은 병사했거나 자살했거나
투병 중이거나 외유 중인데
현 대통령은 범죄를 저지르고도 버티고 있다
하야하라, 하야하라, 하야하라,
흰 바탕에 붉은 글씨가 쓰인 플래카드는
바람에 살짝 펄럭거리기는 해도
네 귀퉁이가 팽팽하게 잡아당기어 매여 있다

날마다 날아오는 비둘기 몇 마리가
오늘도 아파트 베란다 난간에 앉아 구구거린다
민주주의를 겨우 이것밖에 이루지 못했다고…
집주인은 자책하고 있을까

소설小雪

텃밭에서 뽑아 절인 배추로
김장을 담았다
마당에 떨어진 낙엽을
아내가 쓸어서 버리라고 했지만
나는 들은 척도 하지 않았다
바람이 멎은 시각에
마른 고춧대를 태우는 연기가
흐린 하늘로 솟아올랐다
지난날을 돌이켜보지 않아도
잘못일랑 앞날에도 많이 할 텐데
최근 일은 곧잘 잊히고
먼 과거 일은 또렷하게 떠올라서
나는 모골이 송연했다
주말 광화문광장 촛불집회에서 받아 말아서
안주머니에 넣어온 손팻말,
붉은 바탕에 흰 고딕체로 박힌
박근혜는 퇴진하라를

우편함 아래 붙여놓을까 나는 망설였다
눈은 내리지 않았다

동짓날과 설날 사이

동짓날과 설날 사이 주말엔
저녁이 곳에 따라 달랐다

내가 시골에 와 쉬는 주말엔
저녁이 전등을 끄고는 스스로 어두워졌다
농업을 놓은 상노인들은 일찌감치 누워 앓으면서
들에 봄이 오기를 기다릴 것이다

내가 도시에 나가 시위하는 주말엔
저녁이 촛불을 켜고는 스스로 밝았다
광장에 모인 남녀노소가 밤늦도록 행진하면서
거리에 봄이 오기를 기다릴 것이다

지난해 동짓날과 올해 설날 사이 평일에도
저녁은 시골이나 도시에서 전등을 껐거나 촛불을 켰다
내가 쉬러 시골에 오지 않은 날
상노인들은 농업을 놓고 기다렸을 것이다

들을 푸르게 하는 봄을
내가 시위하러 도시에 나가지 않은 날
남녀노소는 광장에 모여 기다렸을 것이다
거리를 따스하게 하는 봄을

상강 지나 입춘 와도

상강 지나 시작된 촛불집회가
입춘 와도 끝나지 않았다

평일에는 시골마을에서 지내면서
촛불집회에 관해 시를 쓰고
주말에는 광화문광장에 나가서
촛불집회에 참가했다

아무도 대통령의 퇴진을
말하지 않는 시골마을에서
흩날리는 함박눈을 바라보며
모두가 대통령의 구속을
외치는 광화문광장에
함박눈이 흩날릴까 걱정했다

서리 내리는 상강 지나고
눈비 내리는 입춘 와도

촛불집회가 전국에서 열렸다

주말

그가 주말에 어디 있었느냐고 물었다
나는 집에 있었다고 대답했다
그가 광화문광장에 갔었다고 말했을 때야
나에게 광화문광장 어디쯤 있었느냐고 물은 물음인데
내가 우답을 했다는 걸 알아차렸다

겨울이 오고부터
평일엔 소파에 비스듬히 앉아서
빈 논밭을 바라보며 소일하는 내가
주말엔 촛불집회에 나간다는 걸
그는 이미 알고 있었던 것이고
평일엔 인터넷 오픈마켓에서 주문받은 대로
농산물을 발송하기 바쁜 그가
주말엔 촛불집회에 나간다는 걸
나는 여태 모르고 있었던 것이다

시골마을에서 내가 촛불집회에 참가하리라는 걸

누구도 짐작조차 하지 않는다고 여기다가
시골마을에서 누군가 촛불집회에 참가하리라는 걸
나는 짐작조차 하지 않고 지내다가
그가 담 주에도 광화문광장에 간다고 말했을 때도
내가 한 우답을 짐짓 고치지 않았다
각자 모인 한자리에서 촛불집회는 열리는 것이다

한파

주말에 한파가 닥친다는 기상예보에
아내가 촛불집회를 걱정한다
부패한 대통령이 첫 사과하던 날,
몇 차례만 더 촛불집회가 이어지면
곧 하야하겠다고 낙관하던 아내에게
나는 탄핵하지 않고서는
절대 물러나지 않을 거라고 장담했었다
어릴 때부터 먹고 놀고 잠자던 옛집에
젊어서 쫓겨났다가 나이 들어 돌아온 지
겨우 몇 년밖에 되지 않았는데
스스로 선뜻 나가겠느냐고 반문했었다
수라는 수를 다 부려도 꼼수에 지나지 않고
머리란 머리를 다 굴려도 잔머리에 지나지 않는
위법하고 위헌한 대통령과 그 측근들의 말과 짓을
날마다 텔레비전 뉴스로 보고 듣다가
주말마다 촛불집회에는 나 혼자 다녀오고
아내는 집에서 이런저런 병치레를 했다

이번 주말에는 체감온도 영하 10도가 될 것 같단다
가족 중 촛불집회 참가자가 있는 가정에선
한파를 걱정하면서도 한 목소리를 낼 것이다
대통령이 구속될 때까지 촛불집회가 열려야 한다고

티케이^{TK}라는 말

광주 오월항쟁 후
호남 출신 선배시인이 나를 가리켜 티케이라고
소개하는 말을 처음 들었다
무슨 뜻인지 몰라 어리둥절하던 나에게
대구경북의 영문 표기 이니셜이라고 설명했다
경북에서 태어나고 대구에서 자란
나는 영락없이 티케이였다

군부독재정권에서 대구경북 출신들이 권좌를 차지했던 시
절이라
나를 조롱하는 말로 들리기도 했던 티케이라는 말,
대구경북 문단에 순수문학이 주류를 이루고 있던 시절이라
민중시를 쓰던 나를 대견스러워서 하는 말로 들리기도 했던
티케이라는 말,
그때마다 나는 대꾸하곤 했다
티케이 시민 모두가 군부독재정권을 지지하지는 않는다고
티케이 시인 모두가 순수문학을 지향하지는 않는다고

대통령 퇴진 촛불집회가 열리면서부터
티케이 시민 다수가 동의하다가
대통령 탄핵 심판이 헌법재판소로 넘어간 후로는
티케이 시민 일부에서 동정 여론이 일기 시작했다
다시 누군가가 나를 가리켜 티케이라고 뒷말할 것이다
나는 티케이가 아직도 문제라고 혼잣말을 중얼거렸다

망령亡靈

티케이라는 말에
박정희 망령을 가두어 놓아서
티케이라고 불리는 순간
박정희 망령에 붙들린 자로 바뀌고 만다

내가 초등학교 몇 학년 때 혁명공약을 암기했더라?
반공을 국시의 제일의로 삼고
군사 쿠데타를 일으키고 대통령이 된 박정희는
경북 선산에서 태어나고 대구에서 사범학교를 다녔으며
독재자가 되어 부하의 총탄에 맞아 죽었다
유족이 너무 울면 죽은 영혼이 저승으로 가지 못한다고
했던가?
티케이 대다수가 심히 슬퍼하였으므로
박정희 망령에 사로잡히지 않을 수 없었을 것이다
해방 전엔 일제 만주국 장교를 지냈으며
해방 후엔 남로당에 입당했던 박정희의 전력을 잊어버린
티케이 대다수가 너무나 흠모하였으므로

박정희 망령을 차마 떠나보낼 수가 없었을 것이다
노동자들의 희생을 헤아리지 않으면서
박정희의 산업화를 치적으로 헤아리는
티케이 대다수에겐 당연한 일이었던가?

어린 시절 내내 박정희를 대통령으로 알았으나
청년 시절부터 박정희를 독재자로 아는 나를
그래도 티케이라고 말하는 자가 있다
그래도 티케이라고 부르는 자가 있다

부역자들

몇 십만 명의 해군과
몇 만 명의 해경을 지휘할 수 있는 대통령이
몇 백 명의 소년소녀가 침몰한 배에 갇혀 있는데도
몸이 불편했는지
구출 작전을 명령하지 않았다

무능한 대통령 밑에서
지휘와 명령이 없다고 해서
수장되는 소년소녀들을 보면서도 구하러 기꺼이
특공대를 출동시키지 않은 지휘관들이
부끄러워하지 않고 잘 먹고 잘 산다고 친구에게 지적했더니
독재한 대통령 밑에서
지휘와 명령이 없어도
저항하는 청년 학생들을 체포하러 기꺼이
특공대를 출동시켰던 지휘관들도
부끄러워하지 않고 잘 먹고 잘 살았다고 하면서
그거야말로 별것 아닌 걸로 넘기지 않겠느냐고 친구가 반문

했다

심지어 일제에 빌붙어서

지휘와 명령이 내려지기도 전에

항일 투쟁하는 남녀노소들을 뒤져서 찾으러 기꺼이

자진해서 다녔던 친일분자들이

부끄러워하기는커녕 자자손손 잘 먹고 잘 살도록 되어 버렸
으니

수천만 명의 국민과

수백만 명의 공직자를 살려야 하는 대통령은

수백 명의 소년소녀가 바다 속으로 사라지고 나면

더 적은 인구를 관리하게 되어

몸이 편해진다고 여겼을지도 모를 일이었다

과잉

1990년대 초반 시단에서
한 선배시인은 군부독재 시절
저항시를 썼던 후배시인들이
민주화가 이루어지기 시작하면서
서정시로 갱신하지 못한 점을
비판하기 위하여
이념 과잉이라는 표현을 썼다

과잉이라는 낱말을
물질에 적용하는 명사쯤으로
이해하고 있던 나는
그 언어 조직에 놀라다가
그건 말장난이라며 무시하다가
그럭저럭 잊고 지내다가
2010년대 중반 다시 놀랐다

국민이 투표로 뽑은 대통령이

권력을 제 입맛대로 휘두르면서

국민이 이룬 직접투표제를

파괴하기 위하여

과잉 민주화라는 표현을 썼던 것이다*

---

* 「청와대, 국립대 총장 언론사 편집국장 선출까지 개입정황」이라는 제목 아래, 사건 당시의 정무수석이 "'과잉 민주화가 대통령 말씀 하나를 실행할 수 없다는 문제의식을 갖고 계시다'며 이 같은 요구가 박근혜 대통령 뜻이라고 주장했다'는 기사가 『중앙일보』 2017년 2월 22일 인터넷판에 게재되었다.

블랙리스트를 만드는 나라

민주공화국에서 블랙리스트를 만드는 나라가
한국 말고 더 있을까
소수라고 해도 문제인데 다수를

강제 합병한 일제 조선총독부는
식민통치를 반대하는 시인을
불령선인으로 구금했다
쿠데타를 일으킨 군사정권은
문예지를 사전 검열하고
시집을 판매금지 조치하고
독재에 저항하는 시인을
반체제 인사로 체포했다
그런 일제에 친일한 아비의 자식을
그런 독재를 자행한 아비의 딸을
국민이 대통령으로 뽑아놓았는데
자신을 비판하는 시인을 가려내어
국민이 낸 세금으로 만든 지원금을

지급하는 대상에서 배제한 일은

식은 죽 먹기였겠다

대통령을 반대하는 시인을 블랙리스트에 넣는 민주공화국
은

한국 말고 더 있을까

시인만이라고 해도 문제인데 문화예술인까지

방청석

국회 방청석에
한 번도 앉아보지 못했지만
대통령 탄핵 가결하던 날
국회에는 방청석이
국회의원석보다 위치가 높다는 걸
새삼 알았다

헌법재판소 방청석에
한 번도 앉아보지 못했지만
대통령 탄핵 인용하던 날
헌법재판소에는 방청석이
재판관석보다 숫자가 많다는 걸
새삼 알았다

상상과 명명命名

홍승진

1. '현장시'가 담보할 문학적 성취

최근 들어 꽤 많은 '현장의 시'가 발표되었다. 여기에서 일컫는 '현장의 시'란, 위기로 급박하게 치달아가는 시대 현실의 요청에 즉각적으로 답변하듯이 제출된 시를 뜻한다. 2014년 세월호 참사 이후로 2017년 박근혜 정권 퇴진을 위한 촛불 혁명에 이르기까지, 눈물을 같이 흘리고 함성을 더불어 드높이는 여러 시들이 쏟아져 나오고 있다. 혁명의 상상력이 아직 현실성을 지니던 시절을 제외한다면, 한국 현대시사에서 '현장의 시'가 이렇게 대량으로 생산되는 현상은 아마도 매우 드물 것이다.

그렇다면 이제는 '현장의 시'가 과연 얼마만큼의 문학적 성취를 담보할 수 있는지 따져 물어야 하지 않을까? 박근혜 정권을 몰아내고 지상으로 세월호를 끌어올린 이 시점에서. 2010년대 '현장의 시'는 지난날 '현장시'의 수준에서 얼마나 달라져 있나? 1930년대 '카프^{KAPF} 시'나 1980년대 '민중시'의 미학에서 벗어나긴 했는가? 개인적으로는 이 물음에 회의적으로 대답할 수밖에 없지 않을까 싶다. 슬픔과 분노가 시인 자신의 문제와 어째서, 또는 어떻게 깊이 관계를 맺고 있는지에 대하여 충분히 성찰하지 않은 시는 어쩐지 대부분 거짓말처럼 보이기 때문이다.

하종오식 리얼리즘은 추상적인 구호나 통념적인 논리로부터 비롯하지 않는다. 하종오는 군사독재정권 하에서 교육받고 자랐다. 시인은 현실 변혁의 주요한 문학적 원리였던 리얼리즘에 뿌리를 두고 자신의 시 세계를 펼쳐나갔다. 시인 하종오는 오늘날에 이르기까지 리얼리즘 미학을 지금 여기의 변화한 현실에 맞추어 나름의 방식으로 꾸준히 갱신해왔다. 촛불 혁명 한복판에서 길어 올린 그의 시편 속에는 삶의 행로 전체가 오롯이 담겨 있다. 지난날 자기 삶의 발자취를 통째로 끌어당겨서 자신 앞에 펼쳐진 길을 향하여 내던지는 작품이다. 하종오의 '현장시'는 하종오만이 쓸 수 있는 것이며 그만큼 시대 현실과 시인 사이의 관계를 깊이 고민한 결과물이라는 점에서 매우 문제적이다.

2. 존재의 상상을 억압하는 이름 속 망령의 푸닥거리

'현장시' 하면 으레 독자보다 먼저 섣불리 흥분하면서 절제 없이 감정을 쏟아놓는 시가 머릿속에 떠오르기 마련이다. 그러나 그러한 작품을 다 읽고 나면 '도대체 이 문제가 이 시인에게 왜 이렇게 중요한가?' 하는 의문이 따라붙는다. 하종오의 이번 시집 『겨울 촛불집회 준비물에 관한 상상』은 다른 길을 걸어간다. 시인은 자신의 정체성을 둘러싼 문제로부터 역사의 문제를 반성하는 방향으로 나아간다. 어쩔 수 없이 이 시집에 매력을 느끼게 되고 마는 까닭은 그 때문이다.

그러한 특성의 대표적인 사례로는 '티케이^{TK}' 시편을 꼽을 수 있다. 시인 하종오 자신이 경상북도 의성 출신 '티케이'인 탓이다. '티케이 시편'에는 「티케이^{TK}라는 말」과 「망령^{亡靈}」등이 있다. 비중으로만 따지면 「겨울 촛불집회 준비물에 관한 상상」 연작이나 「거리에서 광장에서」 연작에 비하여 매우 미미한 것처럼 보일지도 모른다. 하지만 시의 아름다움은 지금까지 세상에 드러나 있지 않았던 새로움을 던져주는 데 있다. 시의 새로움이란 어디에서 갑자기 뚝 떨어지는 것도 아니며, 과거를 맹목적으로 파괴한다고 얻어지는 것도 아니다. 시의 새로움이란 결국 나 자신의 삶 속에서 나올 수 있다. 내가 아무리 너와 비슷할지라도 나는 끝끝내 너로 대체될 수 없는 유일무이의 나이기 때문이다. 나의 유일무이함, 나 자신의 새로움은 내 삶을 이루고 있는 무수한 타인들과의 관계에서 비롯한다. 나 자신의 새로움은 나를 이루고 있는 무수한 관계들이 누구의 것과도 같지 않음을 뜻한다. 「망령」은 그와 같이 시의 참다운 새로움을 보여준다.

> 티케이라는 말에
> 박정희 망령을 가두어 놓아서
> 티케이라고 불리는 순간
> 박정희 망령에 붙들린 자로 바뀌고 만다
>
> 내가 초등학교 몇 학년 때 혁명공약을 암기했더라?
> 반공을 국시의 제일의로 삼고
> 군사 쿠데타를 일으키고 대통령이 된 박정희는
> 경북 선산에서 태어나고 대구에서 사범학교를 다녔으며
> 독재자가 되어 부하의 총탄에 맞아 죽었다
> 유족이 너무 울면 죽은 영혼이 저승으로 가지 못한다고 했던
> 가?
> 티케이 대다수가 심히 슬퍼하였으므로
> 박정희 망령에 사로잡히지 않을 수 없었을 것이다
> 해방 전엔 일제 만주국 장교를 지냈으며

해방 후엔 남로당에 입당했던 박정희의 전력을 잊어버린
티케이 대다수가 너무나 흠모하였으므로
박정희 망령을 차마 떠나보낼 수가 없었을 것이다
노동자들의 희생을 헤아리지 않으면서
박정희의 산업화를 치적으로 헤아리는
티케이 대다수에겐 당연한 일이었던가?

어린 시절 내내 박정희를 대통령으로 알았으나
청년 시절부터 박정희를 독재자로 아는 나를
그래도 티케이라고 말하는 자가 있다
그래도 티케이라고 부르는 자가 있다

— 「망령」 전문

　3연으로 이루어진 위 작품에서 첫 1연과 마지막 3연은
구조적으로 서로 호응을 이루고 있다. 1연과 3연에서 공통적으
로 부각시키는 점은 언어의 문제이다. 티케이라는 말을 쓰고
부르는 행위 속에 어떠한 힘이 내재되어 있음을 보여주기
때문이다. 또 다른 작품 「티케이라는 말」에서도 중요한 것은
그 제목이 나타내듯 언어의 문제이다. 개인의 정체성은 영원불
변한 것이 아니라 타인들과의 관계를 통하여 이루어진다. 인간
의 정체성이 관계 속에서 구성된다고 할 때, 그 관계는 곧

언어를 통한 의사소통과 같다. 한 낱말의 의미는 그 낱말이 사용되는 여러 용법과 맥락 속에서 비로소 결정되는 것이다. 인간은 언어를 사용하며 서로 관계를 맺고, 그 관계 속에서 언어의 의미가 생겨나며, 언어의 의미는 그 언어로 소통하는 인간의 관계에 영향을 미친다. 위 작품의 시적 화자는 인간의 정체성 및 그것을 이루고 있는 관계의 힘을 언어에 갇혀 있는 '망령'이라고 표현하였다.

언어는 인간관계를 가능케 하는 힘이 있지만, 그만큼 인간의 정체성을 구속할 수도 있다. '티케이'라는 이름에 갇혀 있는 "박정희 망령"은 '티케이'라는 이름으로 불리는 사람이면 누구에게나 "박정희 망령에 붙들린 자"로서의 정체성을 덮어씌우고 마는 것이다. 시적 화자가 "어린 시절" 동안에 박정희를 긍정했다가 "청년 시절" 이후부터 박정희를 부정하였을지라도, 타인이 그를 '티케이'라는 이름으로 부르는 순간에 그의 정체성은 마법처럼 박정희 추종자로 한정될 수밖에 없다. 인간 존재에게는 박정희를 부정하는 상상과 긍정하는 상상 모두를 해볼 수 있는 가능성이 열려 있다. 그렇게 인간 존재는 자기 정체성을 자유롭게 상상할 가능성이 주어져 있는 것이다. 그러나 자신의 정체성을 얽어매는 이름은 그 속에 갇혀 있는 망령의 힘으로써 존재의 상상을 억압한다.

바로 이 "박정희 망령"이야말로 박근혜 정권이 탄생할 수 있었던 가장 큰 이유 중 하나였다. 박근혜 정권은 박근혜 개인의 높은 도덕성이나 역량 때문에 선출된 것도 아니며, 보수 세력의 훌륭한 정책 때문에 지지를 받은 것도 아니다. 박근혜 정권의 등장은 "박정희 망령"의 부활이라 할 수 있다. 망령은 언제나 이름과 같은 언어 속에 숨어 있다. 그 망령이 스스로를 부활시키기 위하여 가장 중요한 거점으로 삼는 언어가 '티케이'이다. '티케이'라는 이름은 시인의 정체성을 얽어맨 채로 철컹거리는 소리를 내며 따라다녔다. 그 사슬이 곧 끊어질 것처럼 팽팽하게 긴장된 순간, 시인은 그 순간을 예민하게 감지할 수밖에 없을 것이다. 그것은 망령을 사르는 촛불이 이 세상 곳곳에서 피어오르는 순간이었다. 그 순간에 시인은 실존적인 모순을 맞닥뜨린다. 자기 이름에 깃들어 있는 망령을 푸닥거리하기 위하여 자신의 이름으로부터 탈피해야만 하는 고통을. 자기 정체성의 자유로운 상상을 억압한 것이 자기 내부에 있었음을 정면으로 응시해야만 한다는 부끄러움을. 이는 결코 손쉬운 일이 아니라 처절하고 통렬한 자기 성찰을 통해서만 가능한 과업이다. 이 지점에서 시인의 개체성과 시대 현실의 전체성 사이의 진정한 만남이 가능해진다. 하종오 시집 『겨울 촛불집회 준비물에 관한 상상』은 그처럼 무거운 짐을 짊어지고자 한다.

3. 도구에 맞닿은 관계의 상상력

이름에 갇힌 망령을 푸닥거리한다는 일은 오랜 인간의 역사 속에서 켜켜이 쌓여 굳어진 언어의 의미를 새롭게 하는 일이다. 따라서 그것은 시를 통하여 가장 잘 수행할 수 있는 일이며, 시인이 이루어야 할 꿈일 것이다. 이름을 바꾸기 위해서는 상상이 필요하다. 상상은 환상과 다르다. 존재하지 않는 것을 존재하는 것처럼 꾸며내는 일이 환상이라 한다면, 친숙하고 평범한 존재를 낯설고 비범한 존재로 바꾸어내는 일이 상상이라 할 수 있다. 「겨울 촛불집회 준비물에 관한 상상」은 그러한 상상의 방식으로 촛불 혁명을 형상화한다. 그리하여 이 연작은 낡은 의미의 언어에 종속된 존재의 가능성을 새롭고 자유로이 상상할 수 있게 된 역사적 사건으로서 촛불 혁명을 표현해낸다.

「겨울 촛불집회 준비물에 관한 상상」 연작의 제목 중에서 '상상'의 뜻을 위와 같이 밝혔다. 이제 남은 물음을 던져야 한다. 왜 시인은 촛불집회에 관한 상상을 하필이면 '준비물'에 의탁하는가? 준비물은 도구이다. 도구는 어떠한 특성이 있는가? 도구는 모든 존재하는 것들 사이의 관계를 잘 드러낸다. 특히 도구는 사람이 살아가는 삶의 세계가 어떠한 관계의 그물로 짜여 있는지를 뚜렷하게 보여줄 수 있다. 「겨울 촛불집회 준비물에 관한 상상·2」는 도구적 상상력을 바탕으로 높은 시적 성취를 획득한 작품이다.

우리가 손으로 할 수 있는
소중한 일이 있지
두 손으로 싸개를 만들어
아이 머리를 감싸 보는 일,
이 일에는 다른 몸 부위가 필요 없지

우리가 손으로 할 수 없는
난처한 일이 있지
한 손으로 촛불을 들고
한 손으로 바람을 막는 일,
이 일에는 일회용 종이컵이 제격이지
바닥에 구멍을 뚫어서
초를 끼우고 불을 붙이면
바람은 막히고 불빛은 퍼지지

우리가 손으로 또 할 수 있는 일에는
양 손날을 붙여 그릇을 만들고 물을 떠서
목마른 꽃에게 부어줄 일도 있고
우리가 일회용 종이컵으로 또 할 수 있는 일에는

물을 담아 한 방울도 흘리지 않고

목마른 사람에게 건네줄 일도 있지

    — 「겨울 촛불집회 준비물에 관한 상상·2」 전문

 시집 『겨울 촛불집회 준비물에 관한 상상』에서는 도구의 상상력이 두드러진다. 그렇다면 자연 사물에 바탕을 둔 상상력과 도구에 바탕을 둔 상상력 사이에는 어떠한 차이가 생겨날까? 도구와 달리 자연 사물은 인간의 삶과 멀리 떨어진 채로도 자족自足하고 자생自生한다. 위 작품에서 "바람"이 부는 것이나 타오르던 "불"이 그 바람에 의하여 꺼지는 것은 "우리가 손으로 할 수 없는 / 난처한 일"이다. 자연 사물은 벽돌이나 기둥처럼 인간의 삶 한가운데에서야 비로소 의미를 획득한다. "종이컵"이라는 준비물로서의 도구는 촛불집회의 세계 속에서 '바람을 막아주기 위하여 존재하는 것'의 의미를 획득한다. "종이컵"으로 바람을 막으며 타오르는 "불"은 촛불집회의 세계 속에서 혁명의 의미로 타오른다. 도구는 '무엇인가를 위하여 있는' 존재다. 이처럼 '무엇인가를 위하여 있음'은 무수한 관계망을 드러내 보여준다. 따라서 도구적 상상력은 관계의 상상력이라고도 할 수 있다.

 인용한 작품에서 1연과 2연은 "우리가 손으로 할 수 있는 / 소중한 일"과 "우리가 손으로 할 수 없는 / 난처한 일" 사이의 상호 대비를 이루고 있다. 인류가 도구를 만들어 쓰게 된 것은 직립보행으로 두 손이 자유로워졌기 때문이다. "손"도 "종이컵"처럼 도구적 상상력과 긴밀히 연관된다. 1연과 2연의 대비는 도구적 상상력을 "손"의 이미지로써 탁월하고 적확하게 표현해낸다. 먼저 1연에서 시적 화자는 "손으로 할 수 있는" 일로서 "두 손으로 싸개를 만들어 / 아이 머리를 감싸 보는 일"을 상상한다. 다음으로 2연에서 시적 화자는 "손으로 할 수 없는" 일로서 "한 손으로 촛불을 들고 / 한 손으로 바람을 막는 일"을 상상한다. 너무나 단순해 보이는 대비를 통하여 시인은 여러 시적 의미를 불러일으키고 있다.

첫째로 이는 인간의 손이 "두 손"으로 합쳐질 때와 "한 손"씩 따로 떨어질 때의 차이를 제시한다. "두 손"이 오롯하게 합쳐지는 경우는 '할 수 있다'는 긍정적 가능성과 맞물려 있다. 이와 대조적으로 "한 손"씩 따로 떨어져 있는 경우는 '할 수 없다'는 부정적 가능성과 이어져 있다. "두 손"과 "한 손"의 대비를 통하여 시인은 조화와 분리, 협력과 갈등이 어떻게 삶의 행위를 가능하게 하거나 불가능하게 가로막는지 암시하는 것이다. 다음으로 1연과 2연은 모두 '온도'의 속성을 연상케 한다. "아이 머리를 감싸 보는" 일은 겨울철 광장에서 체온의 따뜻함을 지키기 위한 일이다. 종이컵도 마찬가지로 촛불의 뜨거움을 지키는 도구이다. 마지막으로 1연과 2연의 대비는 그러한 따뜻함 또는 뜨거움의 속성을 다른 인간 존재와 자연에게로 연결시킨다. 촛불집회의 세계 속에서 손은 아이의 머리를 감싸는 방식으로 다른 인간 존재와 더욱 적극적으로 관계 맺으며, 도구는 바람을 막고 불을 살리는 방식으로 자연과 보다 활발히 관계 맺기 때문이다.

이러한 1연과 2연의 대비는 3연에 이르러 섬뜩할 만큼 아름답게 어우러진다. 위 시의 화자에게 '촛불집회'는 세계 전체를 이루는 관계들이 더욱 역동적으로 관계할 수 있게 하는 상상력의 원천이 된다. 또한 3연은 1연과 2연을 종합할 뿐만 아니라 거기에 아주 이질적인 속성을 불어넣는다. 그것은 바로 "목마른 꽃에게 부어"주거나 "목마른 사람에게 건네"주는 "물"의 속성이다. '물'은 사람의 온기와 달리 차가운 느낌을 주며 불꽃의 뜨거움과 완전히 상충한다. 동시에 1연에서 "아이"로 나타난 인간 존재와 관계하였던 "두 손"은 3연 속에서 "목마른 꽃"이라는 자연 사물과 관계 맺는다. 2연에서 "바람"이나 "불" 등의 자연 사물과 관계하였던 "종이컵"은 3연에서 거꾸로 "목마른 사람"이라는 인간 존재와 관계 맺는다. 3연은 1연 및 2연의 공통 속성을 과감하게 종합하고 전복시킴으로써, '촛불집회'의 세계를 완전히 새로운 의미로 탈바꿈한다. 이 작품은 '촛불집회'를 단순히 정치적인 사건으로 간주하는 것이 아니라, "우리"를 둘러싼 자연 사물 및 타인과의 관계를 더욱 생생히 회복하는

116

실천으로 형상화한다. 도구를 통한 관계의 상상력은 '촛불집회'를 특정 이념에 따라서가 아니라 세계의 목마름을 해소해주기 위한 "우리"의 몸짓으로 그려내는 것이다.

4. 거리에서 광장으로 명명하는 힘

도구의 상상력은 나와 세계가 관계하는 방식을 잘 드러내 보여주는 상상력이다. 이를 통하여 시인은 자신이 살아온 과거의 혁명과 촛불로 도래하는 미래의 혁명 사이를 연결시킨다. 시인이 통과한 과거 혁명은 '거리'의 혁명이었다. 촛불 속에서 환하게 다가오는 미래 혁명은 '광장'의 혁명이다. 시집 『겨울 촛불집회 준비물에 관한 상상』의 「거리에서 광장에서」 연작은 거리의 혁명 한복판에서 시를 불러내었던 사람이 광장의 혁명 한복판에서 새로이 시를 감지하게 된 충격과 경이로서의 작품들이다. 이를 구시대의 잔재와 신세대의 변화 사이에 일어난 충돌이라고 거칠게 간추리지는 말자. 혁명은 나와 세계의 관계를 근본적으로 변화시킨다는 점에서 그 자체로 시적이다. 시는 보다 시적일수록 더욱 혁명적이다. 시가 곧 혁명이고 혁명이 곧 시임을 직관할 수 있다면, 「거리에서 광장에서」 연작은 거리의 혁명에서 태어난 시를 광장의 혁명에서 태어날 시로 갱신하려는 모색이라 할 것이다. 이때 시인은 하나의 유리 파편과 같이 너무나 작다고 할지라도 끝없이 변화하는 세계 전체를 그 속에 비추어 담아낼 수 있다.

> 한 선한 사람이 꽃 스티커를 제작하여
> 청와대를 향하여 행진하는
> 시위대에 나누어 주어서
> 도로를 가로막은 차벽에 붙이게 했다
>
> 로마병사같이 방패를 들고 도열한 전경들이
> 제자리걸음하며 아스팔트를 울릴 때
> 스크럼을 짜고 주저앉아 노래를 부르던
> 1980년대 데모대에 끼여 있던
> 나를 기억하는 내가
> 2010년대 시위대에 끼여 있었다
>
> 차벽을 쓰러뜨리고 싶은 분노를
> 시위대가 꽃 스티커로 치환하며
> 청와대를 향하여 구호를 외쳤다
> 대통령은 퇴진하라, 대통령은 퇴진하라
> ──「꽃 스티커와 구호 / 거리에서 광장에서」 전문

「꽃 스티커와 구호 / 거리에서 광장에서」는 "스크럼을 짜고 주저앉아 노래를 부르던 / 1980년대 데모대에 끼여 있던 / 나를 기억하는 내가 / 2010년대 시위대에 끼여 있"는 상황을 포착한다. 시적 언어는 새롭게 경험한 현실의 경이로움과 충격이 그에 합당한 이름으로 불리는 상태를 가리킨다. 세계를 처음 만나 둘러본 충격과 경이 속에 휩싸인 채로, 인간은 자기 주변의 모든 존재들에게 이름을 붙여준다(창세기 2:19). 한 존재의 이름이 그 존재를 신비로움으로 만난 경험을 담고 있는 상태를 명명력^{命名力, Nennkraft, naming power}이라고 할 수 있다. 그러나 우리가 이름에 담긴 경이로움의 경험을 망각함에 따라서 언어의 명명력은 차츰 빛이 바랜다. "스크럼을 짜고 주저앉아 노래를 부르던 / 1980년대 데모대에 끼여 있던 / 나"는 명명력을 잃어버렸다. 그것은 "2010년대 시위대에 끼여 있"는 시적 화자의 과거로 기억될 따름이다.

거리의 혁명을 경험했던 "1980년대 데모대"에게 "스크럼"이나 "노래"와 같은 이름은 "방패를 들고 도열한 전경들"에의 "분노" 속에서 명명력을 지녔다. 이와 달리 광장의 혁명을 경험하는 "2010년대 시위대" 앞에는 "로마병사"로 비유될 만큼 구시대적인 "전경"보다도 "차벽"이 놓여 있다. "1980년대 데모대에 끼여 있"었으므로 "스크럼"과 "노래"의 명명력을 기억하는 시적 화자는 그 차벽에 대하여 당연히 "쓰러뜨리고 싶은 분노"로 반응한다. 그러나 "분노"의 언어는 "2010년대 시위대"가 경험한 광장 혁명의 경이로움과 멀리 떨어져 더 이상 명명력을 지닐 수 없다. 광장의 혁명 속에서 "차벽을 쓰러뜨리고 싶은 분노를 / 시위대는 꽃 스티커로 치환"하기에 이른다. 시적 화자는 "꽃 스티커" 속에서 폭력에 폭력으로 맞서는 폭력의 혁명이 아니라 폭력을 평화로 전환시키는 사랑의 혁명을 경험한다. 이 경이로움 속에서 "꽃 스티커"는 지금-여기의 명명력을 얻는다.

「거리에서 광장에서」 연작은 폭력의 시대를 지나왔던 시적 화자가 사랑의 시대를 경험하는 경이로움 속에서 언어의 충만한 명명력을 시적으로 성취한다. 「그런 시대 / 거리에서 광장에서」에서 시적 화자는 "깃발"에 적힌 "범야옹연대"의 언어와 마주침으로써, "광장엔 / 언제든 누구나 나올 수 있다는 걸 / 내가 망각하고 있었"다고 깨닫는다. 시적 화자가 과거에 경험했던 거리 혁명 시대는 만인이 자유로운 참여를 보장받지 못했던 "그런 시대"였기 때문이다. 이번 촛불 혁명에서 하종오 시인보다 훨씬 젊은 시인들도 이 언어와 그것의 명명력을 작품 속에 담아낸 적은 없었으리라. 거리 혁명을 겪은 시인은 경이를 만들어낸 광장 혁명 세대보다 더 경이롭게 그 언어의 명명력을 느끼고 표현한다.

5. 나중에로 미뤄진 결론

하종오의 이 촛불 시편은 자기 정체성을 자유롭게 상상하지 못하도록 억압하는 언어에 도전한다. 또한 관계의 상상력을 통하여 목마른 꽃에게 물을 주는 일과 같이 혁명을 형상화한다. 나아가 촛불 시편은 폭력과 분노의 언어를 평화와 사랑의 언어로 전환하여 자기의 정체성을 새롭게 명명한다. 이것이 "차벽을 친 의경들에게 / 흰 국화꽃을 던지"는 촛불 혁명의 자유다. 이것이 "바리게이트를 치고 지랄탄을 쏘아대던 전경들에게 / 보도블록을 깨어 던지던 데모대를 떠올리며 / 1980년대에서 2010년대로 진화해온 / 민주공화국의 자유"다(「흰 국화꽃 / 거리에서 광장에서」).

나는 오늘 이 글의 마무리를 19대 대통령 선거 바로 다음 날에 쓰고 있다. 이번 대선 결과는 시적으로 그려낸 촛불 혁명의 자유에 참답게 합치하는가? 혁명의 이토록 준엄한 물음 앞에서 나는 단호히 '아니'라고 대답한다. 박근혜 정권의 잔재 세력이 이번 선거를 통하여 부활하였으므로, '티케이'와 노인층은 아직도 박정희 망령에 시달리고 있다는 사실이 드러났다. 그 망령은 '강성귀족노조'와 '전교조'를 때려잡아야 국가가 강고해진다는 전체주의적 논리로써 부활하였다. 그 망령은 전쟁과 갈등의 논리에 맞선 평화의 모색을 '북한=주적主敵'과 같은 편으로 몰아세움으로써 부활하였다. 이는 친일 독재 세력이 국가 안보와 성장이라는 허구적 명목 하에 자신의 기득권을 유지해왔던 전형적 수법이다. 촛불 혁명은 박정희 망령으로 집약되는 친일 독재 세력을 근본적으로 청산할 절호의 기회였다. 그러나 친일 독재 세력의 슬로건이 아직도 호소력을 빼앗기지 않았으므로, 촛불 혁명은 진행형이다.

이보다 더 중요한 사실은 박정희 망령과 더불어 떠돌고 있는 또 하나의 유령이 이번 선거 제도를 통하여 우리 앞에 제 모습을 드러냈다는 점이다. 촛불 혁명을 거친 지금까지도 한국 근현대사는 유령의 정치학이 반복되고 재생산되는 역사로부터 벗어날 가능성이 아득히 멀다. 촛불 혁명의 자유를 오롯하게 담지 못한 선거 제도는 노무현 망령으로 귀결되었다. 그것은 어째서 또 하나의 망령인가?

고故 노무현 전 대통령이 신화화된 까닭은 당선되기 전까지의 이력 덕분이 아니었을까? 노동과 인권을 옹호하고 독재에 맞섰던 투사로서의 삶은 너무나 눈물겹다. 그러나 노무현 개인의 삶이 정당하다고 해서, 노무현 정권이 저질렀던 폭력까지 정당화될 수는 없을 것이다. 나는 노무현 정권이 평등한 노동의 가치를 저버린 채로 무수히 자행했던 비정규직 노동자 탄압을 잊지 못한다. 평화의 가치를 저버린 채로 미국의 야욕 말고는 아무런 명분도 없던 이라크 전쟁의 한국군 파병을 잊을 수 없다. 생명의 가치를 저버린 채로 강행하였던 새만금 간척과 천성산 터널 공사를 뚜렷이 기억한다. 때문에 우리는 비정규직 차별 심화, 4대강 파괴 사업, 사드 배치 등에 맞설 수 있는 선례와 근거를 얻지 못했다. 노무현 정권이 이명박·박근혜 정권이라는 반동으로 이어졌던 것이다.

누군가는 현 19대 대통령이 노무현의 계승자로서 많은 지지를 얻었다고 반드시 노무현의 과실_{過失}을 되풀이하라는 법이 있겠느냐고 물을지도 모르겠다. 하지만 나는 현 대통령이 19대 대선 후보였을 때의 언행을 잊지 않을 것이다. 성소수자가 지금 당장 사람으로 살아갈 수 있어야 한다는 부르짖음. 그 목소리에 대하여 가장 유력한 대선 후보의 지지 세력이 '나중에'라는 구호로 짓누르며 응답하던 순간을 잊지 못한다. 지금 당장 실현될 수 없는 희망에 무의미한 표를 던지지 말라고 반민주주의적인 논리로 협박하며 그때까지 커다란 반향을 일으키며 약진하던 진보정당 지지 세력을 무너뜨렸다. 이런 현 대통령의 대선 후보 시절 언행이야말로 노무현 망령이 아니고 무엇일까? 현 대통령을 지지하는 세력이 주장하던 '나중에'의 논리는 여태껏 푸닥거리하지 못한 유령의 힘이 극명하게 드러난 상징이리라. 미안하지만 지금의 대통령이 그리 반갑지 않다. 오히려 다시 찾아올 악몽을 견뎌내야 하리라고 예감할 따름이다. 살아서 잠을 깨는 날이 왔으면.

살아서 잠을 깨는 날이 온다면. 그날은 "국회에는 방청석이 / 국회의원석보다 위치가 높"으며, "헌법재판소에는 방청석이 / 재판관석보다 숫자가 많"음을 제대로 바라보는 날일 것이다 (「방청석」). "국회"나 "헌법재판소"는 모든 인민의 뜻을 대리하는 제도에 불과하다. 민주공화국의 모든 인민은 언제나 국가의 대의제도를 통제하고 조정하는 "방청석"에 앉아 있다. 대의제도가 모든 인민의 뜻을 담아내지 못한다면, 그 제도는 언제든지 갈아엎어져야만 한다. 모든 인민의 자리가 바로 민주공화국의 "방청석"이다. 민주주의 공화국의 "방청석"에는 비정규직 노동자와 장애인과 성소수자와 그 밖에 제대로 된 이름조차 갖지 못하는 인민들이 더불어 앉아 있다. 어떠한 정치 논리도 인민들보다 높은 위치에 있지 않으며, 인민들보다 더 많은 대표성을 갖지 못한다. "방청석"에 앉아 있는 모든 인민은 한낱 정치 제도로 환원되지 않는다. 인민이 앉아 있는 "방청석" 자리 하나하나가 최고의 존엄이며 지상의 주권이다. 이렇게 살아가고 있다는 사실이 곧 이렇게 살아가야 한다는 윤리이다. 존재가 당위이다. 이것이 촛불 혁명의 이념이다. 여기에 '나중에'는 있을 수 없다.

　　촛불 혁명의 이념을 더 이상 이념이라고 부를 수조차 없을 때까지. 문학은 무한한 가능성으로 살아가는 존재들 모두에게 삶의 무한한 가치와 의무가 주어져 있다고 바로 지금—여기에서 긍정하려는 무모함이다. 시는 인간 존재의 가능성을 억압하는 유령에 맞서, 자신을 둘러싼 관계의 성찰로써 언어의 변혁을 수행한다. 이 문장을 더 솔직한 바람으로 고쳐 적자. 시적으로 사유하고 표현한다는 일은 그 '나중에'를 서둘러 먼저 살아내는 일이 되어야 한다. 문학이 성소수자의 정체성을 '나중에' 존중하도록 '가만히' 기다릴 때, 그 문학은 악몽의 바다로부터 죄 없는 인간의 목숨을 건져낼 힘이 없다. 문학은 차별과 억압 아래서 가려져 있는 모든 사람이 바로 지금-여기에서 마땅히 아름다운 사람으로서 살아가고 있으며 그러므로 사람답게 살 수 있어야 한다고 참지 못해 발설하는 섣부름이다. 그리하여 역사가 참으로 요청하고 있는 문학은 그 시대의 '블랙리스트'가 되기를 스스로 떠맡는다.

겨울 촛불집회 준비물에 관한 상상

초판 1쇄 발행 2017년 6월 1일

지은이 하종오
펴낸이 조기조
펴낸곳 도서출판 b
편　집 김사이 김장미 백은주
표　지 테크네
인　쇄 주)상지사P&B

등록 2003년 2월 24일 제316-12-348호
주소 08772 서울시 관악구 난곡로 288 남진빌딩 401호
전화 02-6293-7070(대) 팩시밀리 02-6293-8080
홈페이지 b-book.co.kr 이메일 bbooks@naver.com

ISBN 979-11-87036-25-8　03810

정가_9,000원